化解小叛逆系列绘本

日月姐妹爱争抢

[越南] 李蔻 著/绘　叶赫那拉·蔓孛 译

人民东方出版传媒
People's Oriental Publishing & Media
東方出版社
The Oriental Press

太阳和月亮是一对姐妹，她们轮流掌管着天空。

但是，
有时候她们会嫉妒对方。

她们会彼此问：
“我们俩谁更重要？”
“人们最喜欢谁？”

有一天，
她们决定交换工作。
太阳做月亮的工作，
月亮做太阳的工作。

那天晚上，到了人们该睡觉的时间，可太阳仍然待在天空中——那本来该是月亮在的位置。

到了午夜，太阳仍然照耀着大地。

大家在白天都累坏了，想好好休息，但是在明亮的太阳光下，他们很难闭眼入睡。

真是又累又热！

孩子们用扩音器对着天空大喊："月亮，亲爱的月亮，你在哪里？快回来吧！让太阳去睡觉。"

但是太阳仍然在天空中散发着灼热的光芒。

因为太热了，大树和花朵都枯萎了。

太阳最爱的绿色也变成了无精打采的棕色。

太阳很沮丧。

没有办法了。太阳对月亮说：“我放弃了，请你回到天空来吧。”

月亮出现了，她用魔法在天空中洒下点点繁星。

银色的月光安抚着每个人进入了甜美的梦乡。

第二天早晨，天空依然黑沉沉的，因为月亮还高高地挂在天上。

没有温暖的太阳，大地陷入浓重的黑暗。

人们被冻坏了。动物们去冬眠了。

树叶纷纷落下，大树像在冬天一样光秃秃的。

孩子们再次爬上高高的梯子，
向天空呼喊：

太阳和月亮非常迷惑不解：“到底我们哪一个才更重要呢？”

“你们都很重要。”孩子们呼喊道，“不要再嫉妒对方啦，请像之前一样轮流出现在天空中吧。”

从此，太阳只在白天
照耀大地。

孩子们在田野里沐浴着温暖的阳光，快乐地奔跑。

晚上，月亮升起来，用她银色的魔法温柔地环绕着大地。

太阳和月亮成了相亲相爱的姐妹俩。

李蔻（Khoa Le）

平面设计师、画家和自由撰稿人，毕业于HCMC University of Fine Art，目前生活在越南胡志明市。自2012年起，她的作品曾多次参加插画展，并成功举办过两次个人画展，出版十余本童书绘本，作品遍及越南、马来西亚、新加坡、韩国等国家。曾获三星童书作家奖金奖、学乐绘本奖银奖。